ilhada

Alice Muniz

Editora InVerso

R. Doutor Goulin, 1523 Alto da Glória
CEP 80040-280 Curitiba-PR
(41) 3254-1616 e (41) 3558-8001
editorainverso@editorainverso.com.br
www.editorainverso.com.br
Facebook.com/editorainverso
Instagram @editorainverso

COORDENAÇÃO EDITORIAL
Cristina Jones
Editora InVerso

CAPA, PROJETO GRÁFICO, DESIGN E DIREÇÃO DE ARTE
Adriane Baldini

REVISÃO
Letícia D. G. França
Carlos W. Jorge

DADOS INTERNACIONAIS DE CATALOGAÇÃO NA PUBLICAÇÃO (CIP)
Mona Youssef Hammoud – CRB/ 9ª 1393

M966i

MUNIZ, Alice. **Ilhada**
Curitiba. Ed. InVerso, 2022
70 p. 15 x 28cm - PTBR

ISBN: 978-85-5540-252-4

1. Poesia. 2. Sentimentos. 3. Cotidiano. 4. Juventude.
5. Contemporaneidade. 6. Devaneios. I.Título

CDD: 869.15

Poesia: 868.15 Sentimentos: 372

dedicado a Ana Paula Miola,
professora de português e literatura.

você é a lagarta deste país das maravilhas.

eu acho que agora entendi,
eu nunca tive medo de ser odiada ou precisei ser amada,
eu só não quero ser irrelevante, ignorada, como se não fizesse a menor diferença. mas ao mesmo tempo não vejo motivos pelos quais as pessoas prestariam atenção em mim!

a cada dia me torno mais ordinária e comum.

sexta-feira, 28/8/2020

o tempo passa e eu continuo parada.
eu tenho que me mover para viver, mas eu não quero —
qual é o sentido?

eu só quero que tudo acabe, quero dormir para sempre.

terça-feira, 15/9/2020

eu nunca me senti tão triste

terça-feira, 29/9/2020

eu quero tanto voltar
eu não preciso voar
não agora, por favor
me deixa ficar

shhhhh! não conta pra ninguém,
mas às vezes, bem tarde da noite, quando eu não consigo
dormir e minha única companhia é a lua, eu sento na
varanda e lembro de como a gente era no começo.

dois idiotas apaixonados.

—eu faria de tudo para voltar no tempo.

sinto todo o sangue do meu corpo ferver
minha mente perdeu o controle de minhas ações,

eu sei exatamente como te atingir e
é
exatamente
o que
eu vou
fazer.

—imprudente

eu me sinto suja.
nunca deveria ter falado aquilo, feito aquilo...
não deveria ter ido.

eu grito e imploro por atenção,
é patético!

eu não sei por que faço isso, mas sinceramente eu só queria poder costurar minha boca para ficar em silêncio para sempre!

cale a boca, você vai se arrepender de ter falado isso quando estiver sozinha no seu quarto se sentindo uma piada triste.

meu corpo é uma arma,
se eu não usar contra os outros,
vão dar um jeito de usar contra mim.

o fato de eu estar machucada
não significa que eu precise ser consertada

—muito menos por você

você precisava de alguém triste para fazê-lo se sentir uma pessoa melhor.

—*perfeita*

quando o sol se esconde atrás das nuvens,
eu voo para meu mundo de faz de conta.
lá o sol nunca existiu, por isso não congelo até quebrar em mil pedacinhos.

—fingir que você não existiu não te traz de volta.

quando eu olhei a imensidão do mundo

tive a sensação de estar em um camarote

assistindo à destruição

seria eu de outra dimensão?

não.

—sorte sempre foi minha maior virtude.

me diga o que fazer

as roupas que eu devo vestir
como devo me portar
como devidamente falar
sentar
andar
comer
viver...

apague minha identidade com demaquilante
mude minha idade
mude meu nome
mude minha voz
mude tudo sobre nós

mulheres

nos conserte,
nos molde exatamente do jeito que você gosta

—brincar de boneca é coisa de menino

eu costumava achar que sabia o que era solidão
até ver que todos choravam de felicidade, e eu não

dói, dói muito.

um sentimento de vazio que vai crescendo,

um grande buraco negro dentro de mim, que fica cada vez
maior, puxando tudo que eu sinto pra dentro dele

me deixa dormente
imune a qualquer tipo de sentimento

eu me sinto uma carcaça, oca...
vivendo em um eterno piloto automático

está frio aqui no meu quarto,
por algum motivo você está pensando em mim,
eu sei que sim.

eu te vi hoje de manhã. você parecia infeliz, meu coração foi arrancado pela raiz.

minha cabeça está girando, meu subconsciente cantando.

você está me esquecendo, minha memória desaparecendo.

eu estou te esquecendo, meu coração aquecendo.

nosso amor evaporou, e no lugar, uma flor brotou.

a dor é confortável
ela é melhor do que não sentir nada,
como se tudo sobre você fosse uma mentira
fabricada.

olho nos seus olhos
mas nunca mais ouvi sua voz,
procuro você pelos corredores desta escola
v a z i a
mesmo sabendo que, se te encontrar, não vou fazer nada
além de te olhar e esperar.

—eu não sei o que quero tanto te falar.

depois de algumas semanas,
o que ele fez conosco
parou de importar,
eu passei anos com medo
de ninguém acreditar,
nunca pensei que, na verdade,
ninguém fosse ligar.

"meu deus!
o que tem de tão suspeito sobre uma mulher?"

—ela só queria que alguém acreditasse

eles me banharam em gasolina por anos

—tudo que eu fiz foi acender o fósforo

você me faz sorrir
na mesma intensidade que me faz chorar.

—montanha-russa

o frio foi embora,
o calor chegou,
tudo mudou

menos você

—sobre segundas chances

na minha cabeça
eu moro na lua
s o z i n h a
sem essa dor esmagadora que o mundo me traz,
simplesmente por existir.

—eu quero ir embora, mas não sei pra onde.

o mundo te dará todas as chances que você precisa para se
tornar uma pessoa
decente

mas eu? desde o começo esperaram que eu já nascesse
sabendo,

e quando eu errei

me queimaram na fogueira.

eu também passei por tempos difíceis!
e não é por isso que todos os meus erros se tornaram
d e t a l h e s na minha história.

eu posso ter sido um pequeno deslize seu, mas você
roubou algo meu que eu nunca vou ter de volta,
então,
me desculpe por querer que você sofra alguma
consequência.

minha cabeça grita
minhas palavras são mudas
eu estou exausta,
não quero cantar nem falar
quero sumir
quero ir para longe do barulho

—silêncio

segundo por segundo,
o tempo corre
e com ele
leva minha alma,
deixando um ser oco, quieto, sem vida.

o tempo corre
e eu não acompanho,
tropecei no caminho...
pra sempre na memória de todos, menos a minha,
que não existe mais.

eu não tenho nada a falar,
só quero me deitar na terra e esperar
meu corpo se transformar em grama,
como se eu nunca tivesse existido.

—dormir para sempre

quando o mundo estiver em silêncio,
eu prometo gritar por aqueles
que não têm voz.

quando seus olhos emitiram desinteresse
os meus arderam,
o que no mundo eu posso fazer para você prestar atenção?

eu grito até minha voz falhar,
não adianta,
eles nunca vão acreditar!

— não me diga que você apoia mulheres se você só o faz quando é conveniente.

eu consigo sentir as mãos dele em minha barriga,
na barra da minha camiseta
a sensação de impotência nunca vai embora

— eu estou presa neste quarto há anos

o bater de asas da minha cabeça
me transforma em uma tempestade sem fim.

— *efeito borboleta*

se esqueça de nós,
não de mim.

eu vivo dentro da poesia,
que me olha no olho e desafia,
que me deixa livre como
maresia

escrevi seu nome na areia
e deixei a água levar

somos eternos no céu que beija o mar.

chá de camomila com canela,
acende uma vela,
lua amarela
e eu só penso nela,
minha donzela.

acho que nunca me senti tão amada na minha vida
quando me levantaram do chão sem nenhuma
obrigação de fazê-lo

eu acho tão estranho
você me amar muito mais
do que eu sou capaz de tolerar a mim mesma.

eu posso tentar me destruir o quanto quiser, nunca vou conseguir

—enquanto você estiver aqui

quando você me abraçou,
o tempo parou.
sei lá, você tem esse poder,
de parar o frio e fazer chover

toda vez que eu me perco olhando para você,
tenho mais certeza de que é impossível explorar tudo
em uma só vida.
—eterno

ela não é feita de só uma cor.
minha amiga é colorida,
de todas as cores do arco-íris.
ela é contagiante! sua presença pinta de rosa, azul,
roxo, preto, vermelho e amarelo.
ela me faz rir até flutuar, me leva em viagens sem nem
sair do lugar.
minha amiga colorida me ensinou a amar.

era uma vez duas menininhas.
uma mais esquisita que a outra —
pelo menos era isso que as outras crianças achavam delas.

elas brincavam em seus próprios mundos de fantasia inventados,
criavam histórias e dividiam suas ideias mirabolantes uma com a outra,
porque elas se entendiam,
de forma tão profunda que isso as ligava para sempre, não importa o que acontecesse.

—o amor de jardim de infância nunca morre

dizem que eu tenho medo do amor, porque me afasto toda vez que o sinto.
mas na verdade não é o amor que me assusta, e sim a velocidade com que ele se transforma.

ódio, mágoa, ciúme, saudade, obsessão...

será que vale a pena correr esse risco?

—*metamorfose*

você nunca percebe o quão transparente
realmente é

—coração de vidro

alma livre!
é isso que eu sou.
minha vida inteira tudo que eu quis era poder sair
voando pelo mundo, com minhas próprias asas de
borboleta azul-turquesa

então se você quer me amar, querido,
não as corte

—voe comigo

olhos brilhantes
voz distante
sorriso colado impossível de ser arrancado
coração acelerado
o tempo está parado

—desde que senti seus lábios

era uma vez uma garotinha
que tinha medo de trovão.

por isso, em noites de chuva,

quando a porta de seus pais estava fechada,

ela ia pedir socorro a sua pequena versão na cama ao lado,
que sempre dormia encolhida, deixando um espaço vago.

—irmãs

cabelos escuros,
olhos brilhantes como uma
madrugada estrelada,
ela parece ter escapado de um conto de fadas.

suas palavras são feitiços de sabedoria,
seria ousadia negar sua magia.

toda noite, enquanto dorme, seu espírito
flutua na brisa crua,

para quando voltar
perpetuar os ensinamentos do luar.

músicas sem nome, danças desorganizadas
e risadas aliviadas compõem nossa melodia.
a luz laranjada da fogueira é uma ironia, não fomos
queimadas!
em volta do fogo, lançamos um feitiço:
“queremos asas, para que nenhuma irmã seja injustiçada,
por homens inseguros que não sabem
n a d a”

—as bruxas que escaparam

eu sou a lua
eu sou uma noite estrelada

não só uma estrada
que você pode percorrer
e simplesmente não falar

n a d a

você corre os dedos por minhas constelações, como olha para o céu e vê formas nas nuvens.

— *como ressignificar cicatrizes.*

se eu cair
do chão não passo,
sacudo a poeira e corro ao seu abraço.

se o sol e a lua fossem garotas, o mundo viveria em um eterno eclipse.

—σοφία

eles não precisam gostar de você,
sua beleza
ultrapassa os limites
da compreensão humana,
não espere que pessoas superficiais entendam isso.

menina,
eu já fui que nem você:
queria ser feita de tudo aquilo que ele ama,

mas como fazer isso,
se nem ele mesmo sabe o que quer?!

—sua obrigação não é ser amada por ninguém

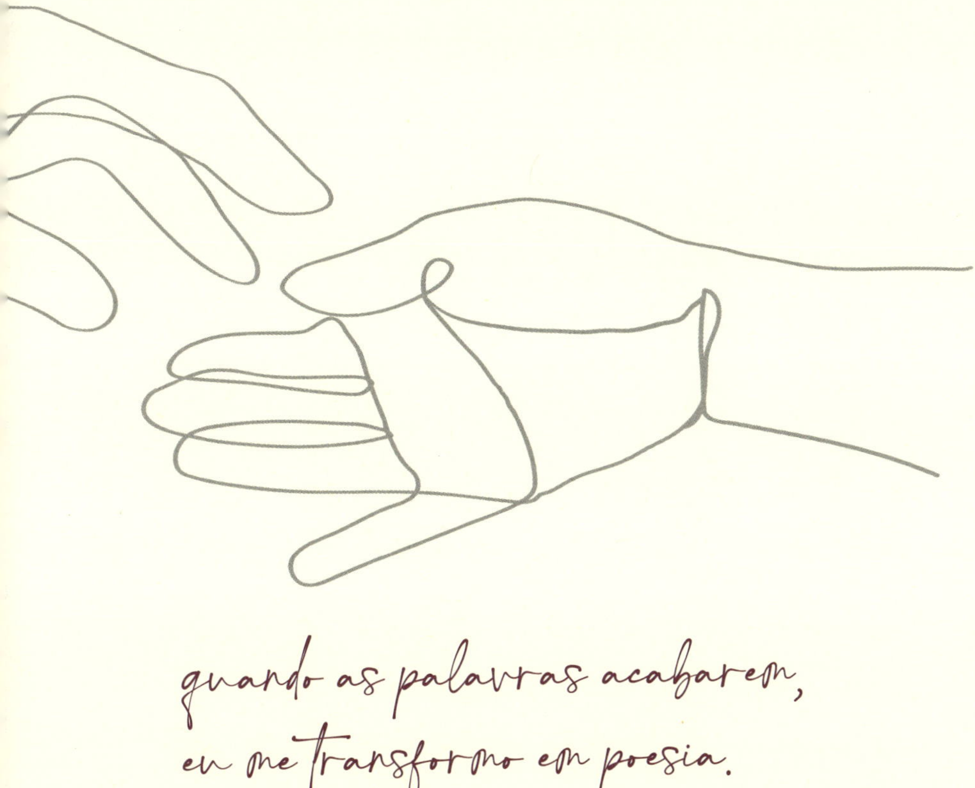

quando as palavras acabarem,
eu me transformo em poesia.

Sobre a autora

Alice Schulman Muniz nasceu no verão de 2007, chorando e gritando tanto que nunca mais parou. Começou a escrever poesia durante a pandemia, no bloco de notas de seu celular, como uma forma de "diário", imaginando nunca mostrar aquilo para ninguém.

Leia também, da Editora InVerso

RAÍSSA

Raíssa é uma jovem universitária que deseja viver as sensações do amor, mas ainda é imatura para reconhecê-lo em suas formas reais. Ela procura os próprios meios para amar e ser amada, numa jornada também de autoconhecimento. As questões que perpassam a vida das mulheres são sutilmente percebidas ao longo do texto, construído de forma fluida, a partir de frases longas e sinestésicas, tornando a leitura um mergulho no mundo feminino.

Amores, medos, aventuras e desventuras das descobertas do mundo trazem a Raíssa a urgência de se conhecer, antes de tudo. Navegue pela história dessa menina-mulher e deixe-se mergulhar também!

VERMELHAS

Vermelho é o sangue que representa vida e morte. É o fogo que aquece e destrói. São vermelhas as linhas e palavras que falam o mesmo pelos opostos. A saudade e o novo. O amor e a indiferença. O fim e o recomeço. Juntos, dançando em vazios. Uma delicada tessitura de cheiros, gostos, toques e imagens. Uma experiência sensorial pelas câmaras do coração com vislumbre para o real, que é tão cotidiano quanto mágico. Cartas embaladas por sentimentos inerentes às experiências humanas, conduzidas pelo lirismo e retorno à natureza. Vermelhas são as cartas nunca entregues. Uma coletânea endereçada a quem se perceber como destinatário.